가슴 촉촉함에 관한 특별법

매헌현대시선 **015**

가슴 촉촉함에 관한 특별법

최병석 시집

인쇄일 | 2024년 11월 20일
발행일 | 2024년 11월 26일

지은이 | 최병석
펴낸이 | 설미선
펴낸곳 | 뉴매헌출판
주 소 | 충남 예산군 예산읍 교남길 33
E-mail | new-maeheon@hanmail.net

값 12,000원

ISBN 979-11-988691-5-9(03810)

---

* 저자와의 협의에 의해 인지를 생략합니다.
* 잘못된 책은 바꿔드립니다.
* 이 책은 2024년도 충청남도, 충남문화관광재단 의
  창작지원금을 지원받아 제작되었습니다.

가슴 촉촉함에 관한 특별법

최병석 시집

뉴 NEW
매번

시인의 말

그리 오래라고 생각할 겨를 없이
보낸 시간들

중요하다는 무엇도
전부는 아니라서 위안이다

끄트머리가 좋아진다
끄트머리를 닮아간다

누리끼리하던 자리
선명한 것들로 채워지고 있다

2024. 11.

최병석

제2부

소로리 볍씨

제3부

가슴 촉촉함에 관한 특별법

제4부

감자전

시학주의자에서 자연주의자로

윤향기(시인·문학평론가)

가슴 촉촉함에 관한 특별법

최병석 시집

제1부

철나기 철 들기

전도顚倒

얼마를 살면
인생을 알까

해묵은 의문으로
무료를 달래다가

나는 깊게 파기 위해 넓게 파기 시작했다*는 말씀에
전도顚倒된다

또 얼마를 살면
인생은 탐탁할까

* 철학자 스피노자가 한 말

철나기 철 들기

45억 년이 그러했듯
지난여름은 닿는 것마다 태울 듯 태양의 눈빛은 강렬했습니다

소슬바람 머무는 동안 하늘빛은 높고 맑아서
산과 들과 나무와 꽃과 아이들의 이마는 한층 더 충만했습니다

어느덧 입동입니다
붉은 옷 입힌 김장 단지 짊어지고 봄 준비에 드느라 분주했습니다

양심
염치
배려
사랑
겸손이거나 겸허를 배울 새 없이 한 철 지나고 또 한 철 지나보냈습니다

어찌하면 철이 드는지

할아버지는 달리 말씀 없이 입동 날 설익은 동치미를 앞에 놓고

오늘 추우니 올겨울도 춥겠다

내년 농사는 잘되겠다

복날 태어난 우리 손주 겨울 잘 나게 시원한 국물 쭉- 들이켜라

겨울 잘 나면 최고다 최고다 하셨습니다

우리

대박 나 보자
우리

권유라 했다
우리라 했다

가파르게 치달리는 디지털
빌딩풍에 휩쓸리는 말장난

피와 살이 튕기는 어디쯤엔가
바스러지는 저것

여명

교활하게 출렁이는 네온사인
그 그늘에 하늘하늘 밤 깊다

식은땀 걸린 한 뼘 쪽방에도
꾸역꾸역 빛이 든다

빛 들자 욱신거린다
결전의 날이 자꾸 뒤틀린다

먹고 먹히는 여명의 선상
접고 펼치기는 언제나 전쟁이다

성찬

김 오르는 밥에
김과 김치 얹어
새벽 공복을 지웠다

정오의 저격
격조 있게 육질을 해체 시키느라
신경을 곤두세워야 했다

넉넉해지고 싶어서
TV 앞에 앉아
천천히 소주잔을 비웠다

살아갈 날이

살아온 날보다 살아갈 날이 짧을 듯하여
사랑받기보다 사랑하자는 생각이 일었다

닭밥야

신단수 아래 신시 아늑한 동굴
환웅이 개소한 살림이더라

쑥 한 줌 마늘 스무 알로 쓴
가족관계등록부

태초에 심지 하나 세워
반만년 내리뻗친 기운이더라

천장 없는 물가라고
무엇도 없다만 못 할 것도 없지

달동네
닭밥야

콘크리트 숲 동굴에서도
꿈같은 시간 몽글몽글 흘러라

* 닭밥야 : 닭가슴살과 밥과 야채의 줄임말.
　　　　고물가 시대 자취생들이 즐기는 저렴한 영양 식단이기도 하다.

팥소 없는 찐빵

패스트푸드 거리를
비만한 배꼽이 거들먹거린다

달거나 짭짤한 골목을 적시는
더부룩한 찬미

엄습하는 가공할 가공
가식의 포만

팥소 없는 찐빵으로 끝내기엔
세상은 저리도 아름다운 걸

살아 있느냐

광야에서 터지는 무변광대의 알파 그리고 오메가
밤이 오더니 태양이 뜬다

끝없는 의문이 꼬리에 꼬리를 무는 날에도
길 따라 보이는 것들의 창조는 위대하구나

질서와 혼돈 사이
위에서처럼 아래에서도 존재할 생명이여

생성 후 이를 궁극의 파괴는 영원한 회귀이듯

우로보로스*
뱀의 꼬리는 꼬리가 아니다

우주를 가르는 몸짓들이 묻는다
살아 있느냐

* Ouroboros : 그리스 신화에 나오는 괴수. 원형의 뱀 형상으로 순환성, 영속성,
시원성始原性, 무한성과 같은 의미와 완전함을 상징.

새날이 올 거라서

지금 순례자의 안식은 곤궁하고
세상의 표피는 겹겹이 고단하니

한 줄 승자의 역사에
모차르트의 귀 헤밍웨이의 전쟁은 없는가

홀연히 찾아든 세상살이
울며 시작한 인생이다

퇴화한 날갯짓도 때론 갸륵하고
끝끝내 이방인일 순 없는 것

새날이 올 거라서
역사의 귀결은 멀고 절망은 아직 이르다

한판 붙자

세상살이 번잡하여
재물도 재상도 당최 허허로울 때
사람들은 흑백 놀이를 했다

알 수 없는 물음이 일어날 때면
머리 디밀고
네모판 속으로 들어갔다

역사의 소용돌이에 몸뚱이는 구겨지고
티끌만 한 자존심이 번져올 때마다
무량으로 반겨주던 도량의 화신

찌르고 막고
번뜩이는 눈자위
희고 검은 것들이 춤을 춘다

살 비비며 살아온 사람들이 궁극에 지핀
천형의 알파고
기괴한 등장이라 말하지 말라

가보지 않은 길
허물어지는 인정의 숲
난무하는 전파들의 아우성

악수는 정수가 될 수 없다
단 한판 이겨 먹은
밥 먹은 인간 이세돌이 외쳤다

설혹
하늘 한 편 무너진대도
매몰차다 단정하지도 말라

갑갑하고 좀이 쑤신다
친구야 한판 붙자
그리고 우리 밥 한번 먹자

* 알파고와 당시 세계 최강의 바둑기사 이세돌 9단 간의 바둑대결 : 2016년 3월
  9일부터 15일까지 서울에서 치러진 인간과 기계 간의 경기에서 알파고는 4승
  1패로 승리했다. 이세돌 9단은 4국에서 한 번 승리했고 이후 인간은 바둑기계
  를 이기지 못했다. 알파고(AlphaGo)는 구글 딥마인드(DeepMind)가 개발한 인공
  지능 바둑 프로그램. 딥러닝(Deep Learning) 방식(컴퓨터가 스스로 분석하며 학습)을 사
  용해 바둑을 익힌다.

폭로라 말하지 말자

솟았다 스러지는
하 많은 사연들

산다하고
정보의 바다를 걷는다

하룻밤 이웃지간
탓도 탈도 많지만

폭발하는 욕망과
양보할 수 없는 경계 사이가 너무 멀구나

가난할수록 염치로 살다
뉘엿뉘엿 저무는 그런 세상이 좋았더라

폭발하는 정보의 바다를 에는
위키리크스*

지구촌의 정의란 이제
붉은 피로 정립된 것들로 지천이다

* 위키리크스 : 익명의 정보 제공자가 제공하거나 자체적으로 수집한 사적 정보 또는 비밀, 미공개 정보를 공개하는 국제적인 비영리기관. 창립자는 호주의 언론인이자 사회운동가인 줄리언 폴 어산지. 줄리언 폴 어산지(1971생)는 오스트레일리아의 액티비즘 저널리스트이다. 그는 내부 고발자 웹사이트인 위키리크스의 대변인과 주필로도 잘 알려져 있으며 위키리크스를 운영하기 전에는 컴퓨터 프로그래머로 근무했다. 본래 직업은 '멘닥스(Mendax)'라는 이름으로 활동하던 해커로, 주목받게 된 것은 위키리크스 활동 덕분이다. 위키리크스로 인해 일약 세기의 폭로자라는 칭호를 얻었다.

가슴 촉촉함에 관한 특별법

최병석 시집

제2부

소로리 볍씨

소로리 볍씨*

옛날옛적에
그러니까
비단에 수를 놓은 듯 아름다운 강과 산을 터 삼아
환인 환웅 단군왕검이 개설한 신성한 기운 서린
그 땅이 하 신묘하기로
믿거나 말거나
말이다가 설이다가 역사가 되어
고조선 2333년에다가 예수그리스도 탄생 이후 2000년
이래저래 반만년 피고 지고 피고
낳고 낳아서 쭉 -
그 모양 그 색깔 그 냄새 풍기며 그렇게
누가 뭐라든 제 길 제 발로 걸어온 시간이 있다
약으로 향으로 청초하게 구절초 살았고
푸른 잎으로 성성한 기상으로 소나무 가문비나무 살았다

곰이랑 호랑이처럼 이웃사촌 만들어
정으로 엉클어져 지낸
인간들의 역사가 있다
기개 세우고 절개 지키며 저마다 한가락 한 사실이 있다

누가 좀 잘살면 어떻다고
신문물이면 주고받고 또 전해 주며 살 것을
고마우면 고마운 대로 서운하면 서운한 대로
넘길 것은 넘기고 말 것이지
밑도 끝도 없이 저 잘난 맛에
욕망과 시기 질투로 점철되어
말이면 다 말이라고
위아래 경우 없이 염치도 없이
반성은 없고 억지만 부리는 무례한 무리가 있었느니
방귀 뀐 놈이 성내는 천하의 고얀 무리가 있었느니

그러하니 무어냐
그
거시기
자고로 농사짓는 사람이 천하제일이란 말씀 있고 그것은
인류의 근본이란 말씀인 줄 이제야 알겠네
이젠 더 이상 누가 뭐랄 것도 없으니
일만 오천 년의 역사를 꿰어
59톨 소로리 볍씨가 세상을 정의하신다

여기에 생명의 보금자리 틀어

생명의 땅이라 이름짓고 여기서 나고 죽으리니

여기는

여기 사는 사람들이 밉고 고운 정 온 누리에 펼칠 생명의
본거지

나를 존귀하게 여겨 다투지 말고 배 불리며 세세손손 번영
하시게

나는 생명의 대장

존재로서 모든 생명은 더없이 존귀하니

물과 바람의 덕을 절대 잊지 말며 부지런히 농사지어 번영
하시라

* 충청북도 청주시 흥덕구 옥산면 소로리의 다층위 구석기 시대 유적에서 발견
된, 세계에서 가장 오래된 볍씨. 방사성탄소연대측정에 의해 1만 2000~1만
5000년 전 연대의 볍씨로 측정. 인간의 먹이 얻기로 남겨진 유체로 인류가 남
긴 위대한 문화유산으로 평가하고 있음.

바다에서

허리 젖힌 눈빛으로
어부는 수평선 넘어 바다 이야기를 했다

불현듯
어부보다 나이 많은 물고기의 이야기가 듣고 싶다

해저 협곡을 떠도는 토끼의 간
백상아리의 칼날 같은 이빨과 아가미
운동장만 한 원양어선을 대적한 전설을 만나고 싶다

쓰나미가 제풀에 지쳐 가라앉도록
바다는 명상을 그치지 않는다

어부와 물고기는 어느 시점 피안에 들까

침몰의 시간

담배꽁초 생수병들의 자맥질
이윽고 분출하는 미세분말의 미끌거림

조물주가 빠뜨린 유일한 창조물이란 수사에
희번덕이는 플라스틱의 무리

부서지는 거품의 환영幻影 속에서도
해조류의 유영은 저리도 고결한 것을

다행히도 바다는
침몰의 시간에 아직 도달하지 않았다

267

큰수리팔랑나비 장수삿갓조개야
미선나무 층층둥굴레야
어여쁜 날갯짓 이젠
내 생애 널 보고 또 볼 수 있다니 아이구 좋아라

작은관코박쥐 먹황새 호사비오리야
모래주사 좀수수치야
붉은점모시나비 비단벌레야
금자란 비자란 한라솜다리야
가느란 목숨 이젠
때늦은 사랑 타령에 가슴 서늘하네

세상살이 험한 줄
너희 목숨줄인 줄 알겠기에 그냥 눈 감는다

연하고 선하더니 이런 봉변 있나
저지른 인종들은 숨 들이고 잘도 뱉는다

늑대 검독수리야 비바리뱀아
감돌고기 붉은점모시나비 귀이빨대칭이야

광릉요강꽃아
267* 아가들아
부디 고요히 살펴 살아남아라

산다는 것은
존재한다는 것은 결국 이기는 것
대대손손 누릴 삼천리금수강산이 아니더냐

* 우리나라 '멸종위기 야생생물' 267종(I 급 60종, II 급 207종).
  멸종위기 야생생물 목록은(2017.12.29. '야생생물 보호 및 관리에 관한 법률 시행
  규칙'이 개정됨에 따라 기존 246종에서 267종으로 확정되었다.
  - 멸종위기 야생생물 II → I 등급 상향 10종 : 작은관코박쥐, 먹황새, 호사비
    오리, 모래주사, 좀수수치, 붉은점모시나비, 비단벌레, 금자란, 비자란, 한
    라솜다리.
  - 멸종위기 야생생물 해제 4종 : 큰수리팔랑나비, 장수삿갓조개, 미선나무, 층
    층둥굴레.

아이고 다리

먼
먼
남태평양 팔라우 쪽빛 하늘 아래

성난 파도라도 맞아야만
왼 종일 부르짖어야만 하루 살아내는 혼이 있다

아이고
아이고
태양은 왜 이리도 뜨거운 거냐

무어라
무어라
눈두덩이 핏줄 불거진 사람들이 부르짖더라고

후세에
뜨거운 목청으로 전하는 말이 있다

눈물 없이 건너지 못하는
나라 없이는 차마 볼 수도 없는 다리가 있다

* 아이고 다리 : 오세아니아 동북방 남태평양상에 있는 팔라우공화국(Republic of Palau)의 코로르(Koror) 섬과 에레케베상(Ngerekesang) 섬을 잇는 방파제. 일제 강점기 시절 징용으로 끌려온 한국인들이 강제 노역으로 힘겨워 "아이고, 아이고" 하며 건설하였다고 하여 '아이고 다리(Meynus Causeway)'라 불린다. 시설물 안내판에는 제2차 세계대전 전범국 일본 제국주의 산물로 일본 국기가 새겨져 있다.

한 컷 촬영이 있었다

그것은
들끓는 할아버지의 피

이완용 임선준 고영희 송병준 박제순
이재각 민병석 이재구 조중응 김윤식
이지용 조민희 고희성 이병무 윤덕영

1909년 2월 4일 창덕궁 인정전 앞에는 순종과
이토 히로부미와 열다섯 마리의 파리 떼가 연출한
한 컷 촬영이 있었다

사람이 사람을 녹여 쌓은 탐욕의 모래성으로
비수가 내리꽂히고 있었다

김구 안창호 한용운 유관순 윤봉길
안중근 신익희 홍범도 윤동주 양세봉
최익현 이청천 여운형 민종식 신석돌
이인영 허위 명성황후 고종 순종 그리고

한 목숨 한 목숨
땅이요 백성이요 나라였으니

그것은
부르기에 앞서 고결한 생명체

끝까지 부끄럽지 말아야 할 것은 이름이다
할아버지의 뜨거운 말씀이 있었다

▲ 1909년 2월 4일 창덕궁 인정전 앞에서 촬영.
가운데 순종을 기준으로 왼쪽에 이토 히로부미, 이완용, 임선준, 고영희,
송병준, 박제순.
오른쪽에 이재각, 민병석, 이재구, 조중응, 김윤식, 이지용, 조민희, 고희성.
뒤 오른편이 이병무, 왼편이 윤덕영. ⓒ 위키미디어 공용

전설이 있다

소 등짐 나눠지고 가노라니
까치밥 몇 알 노을에 검붉다

금수강산에 정기 충만하니
있으면 있는 대로 없으면 없는 대로
북소리 태평소 가락에 흥이 돋는다

지고한 순정 곧은 절개로
금수강산 문화의 꽃밭 일구고 스스로
문지기가 된 전설이 있다

전신 던져 일제의 폭력을 뚫고
대한민국 자손만대에 찬란한
문화 왕국의 왕이 된 신화가 있다

나라마다 고을마다 넘실대는
태극 문명의 파도를 보라

오직 한없이 가지고 싶은 것은 높은 문화의 힘
세계에서 가장 아름다운 나라가 되는 것*

얼마나 아름답고 성스러운 소망인가 인류애인가

* "나는 우리나라가 세계에서 가장 아름다운 나라가 되기를 원한다. 가장 부강
한 나라가 되기를 원하는 것은 아니다. 내가 남의 침략에 가슴이 아팠으니, 내
나라가 남을 침략하는 것을 원치 아니한다. 우리의 부력富力은 우리의 생활을
풍족히 할 만하고, 우리의 강력強力은 남의 침략을 막을 만하면 족하다. 오직
한없이 가지고 싶은 것은 높은 문화의 힘이다. 문화의 힘은 우리 자신을 행복
되게 하고, 나아가서 남에게 행복을 주기 때문이다."

-「백범일지」중

패랭이꽃 섰다

양지바른 풀숲
패랭이꽃 섰다

동학이 올라오는 길목마다
나뒹굴던 무리

백년 넘고 다시 백년을
선홍빛 자지러지게

양지바른 풀숲
지천으로 패랭이꽃 섰다

학살

묻지 않은 말이건만
거부 못 할 가해자의 길이라 한다

온건한 폭력은 정직한 사기꾼
학살에 합당한 면죄부란 없다

주검이 쌓일 때마다 신의 가호 있기를
신령한 빛과 바람에 촉수를 세웠다

부추김으로 굴린 역사는 학살되어야 한다

이성 정의 진리 앞세워 거창할 필요 있나
함께하길 거부하는 참 용기란 있다

10.29 이태원 참사 피해자 권리보장과 진상규명 및 재발 방지를 위한 특별법안

159명의 영혼과 육신이 강제 분리되고 552일
2024년 5월 2일 대한민국 국회가 묵힌 입을 옹아렸다

권리와 권한과 자유를 들추다니 어쩌면
피안의 길 영원한 생명의 길을 낼 수 있을지도 모른다

다들 안녕하시냐

2014년 4월 16일을 끄집어냈다
대한민국 최대 여객선의 표독한 종말
박제된 영혼 304위
십 년 삼천육백 날을 갈기갈기 찢어 울부짖는 파도에
언젠가는 사그라지고 말 거라는 소망을 당겨
탄 가슴 다시 타들어 간다

날개 죽지를 펴보기도 전 돌연히
하늘 공부 땅 공부 박제당한 꽃 청춘들
영문 없이 주검의 길에 겁박당한 순백의 불꽃들
그날 수천수억의 눈과 귀는 멀었다
보다가 눈감고 듣다가 귀 닫기 그 얼만가

산다는 것에 대해
불현듯 누군가 곁에 없다는 것에 대해
예기치 못한 허물어짐에 대해 묻고 묻지만
답 없는 물음이 던지는 형극이란 아득할 뿐
잠시라도
누구에게도 휘둘림 없는 세상을 갖고 싶다

2024년 9월 27일이 부유했다
2014년 그날을 보듬다가
몸과 정신을 오롯이 인류애로 휘감고 불사르다가
뼈 앓이로 퍼석해진 몸
콸콸대는 바닷물 소리 꺼이꺼이 영혼 빠져나가는 소리에
십 년 삼천육백 날을 갈기갈기 찢기는 트라우마로 보내던
한재명*의 검붉은 침묵이 말갛게 드러났다

한재명과 한재명의 동지들과
한재명을 알아보는 사람들이 가진 것이라곤
한재명과 한재명의 동지들이 사람이라는 사실과
따끈한 국밥으로 시작하는 하루와
웃고 떠들며 보낸 하루에 감사하는
누가 뭐라든 하고 싶은 일 하고 사는
해야 할 일이라면 불같이 일어나는
소 같고 호랑이 같은 하지만 정 많은 사람이라는
비루한 사실만을 놓고 가는 것이다

지구상 모두가 선망하는 경이로운 문화의 나라에서
한재명은 잠수사였고
한때 물질 잘하였고
팽목 앞바다에서 몇구의 시신도 찾았고
어차피 사라질 목숨이
잠수병과 무엇무엇 등 등을 앓다가 사라졌을 따름이다

강산도 변할 십 년
2014년의 4월이
2024년의 9월에게 묻는다

지금 하늘은 푸르냐
바다는 청량하냐
사람 사는 세상은 왔느냐
그렇게 다들 안녕하시냐

* 세월호 참사 때 실종자 수색과 희생자 수습에 나섰던 민간 잠수사. 그는 2024
년 9월 25일 49세의 나이로 해외(이라크) 공사 현장에서 산업재해로 숨졌다.
그는 세월호 참사의 대표적 의인이다. 해병대 출신인 그는 2014년 4월 16일
세월호 침몰 소식을 듣고 전남 진도군 팽목항으로 가서 두 달여간 구조 활동
을 했다. 그와 동료 민간 잠수사 25명 덕분에 희생자 299명 중 235명이 가족
의 품으로 돌아갔다. 그는 이후 잠수병의 하나인 뼛속 혈관이 막혀 뼈가 썩는
골 괴사 후유증을 겪었다. 또 골반부터 목까지 디스크에 시달렸다. 결국 고인
은 생업을 놓아야 했다. 그는 해양경찰청을 상대로 산업재해 보상을 신청했
다. 하지만 '구조 활동 중에 발생한 질병과 상해는 해당하지 않는다'며 거절당
한 것으로 알려졌다. 세월호 참사 때 구조에 나선 민간 잠수사 25명 중 골괴
사 판정을 받은 사람은 8명, 디스크 등을 앓고 있는 잠수사는 18명에 이른다.

사실과 진실 그리고 거짓 사이 문자 또는 소리

어……
저……
뭐……
쩝……

그리고

어쨌든
하여튼

바람 소리 보았다

집을 나선다
군중이 된다

군중 속에서
두터워지는 각질

걸음 멈추고
바람 소리 보았다

제3부

가슴 촉촉함에 관한 특별법

가슴 촉촉함에 관한 특별법

흔들리며 사는 게 성숙해지는 법이라고
해바라기는 저리도 가는 목을 늘이는데

소중한 생명들끼리 걸맞는
특별한 이름을 불러주면 좋겠기에

살뜰히 사는 법 하나쯤 있으면 좋겠네
가슴 촉촉함에 관한 특별법 하나쯤 있으면 좋겠네

머릿수건

밭이랑 등지고
눈꺼풀 붙이면

번지는 짠 내음

어머니 연모
묵묵히 지켜주던

흙이었다 꽃이었다 소리였다

흙이었다
정월 가르고 섣달
동토와 동토 사이
검은 흙 헤치고 열 아홉 거친 숨소리를 심었다

꽃이었다
남자가 데려온 아이를 호적에 등록하고
뒷산 애 무덤에 그날처럼
붉디붉은 진달래 꽃잎 한 움큼 뿌렸다

소리였다
사흘 굶은 시어머니 목청에
친정엄마 걸음 숨죽인 날
쿨럭쿨럭 검은 새벽을 뱉었다

포만한 아랫배

어느 곳을 가든지 깨끗한 거 좋아하시지요? 이렇게 해 보세요.
손에 있는 휴지 담배꽁초 다 먹고 난 음료수병 커피 종이컵
등을 계단에 버리지 마시고 주머니나 가방에 넣었다가 휴지
통에 넣어보세요. 그렇게 하시면 기쁨과 즐거운 마음이 함께
생겨요. 매일 매일 기분 좋은 하루 되세요.

한식 뷔페 복도에 걸린
청소 아줌마의 손 글씨

누군가 한 뼘 가책이 일었나 보다
인터넷 창 한 모퉁이가 술렁인다

포만한 아랫배 쌀쌀하다
몸뚱이가 구겨지고 있다

삭신이 쑤신다

삭신이 쑤신다

정염에 타던 풀잎들 스러지고
기적소리는 골목을 지나쳤다

쏘아대는 가을볕 그늘 아래
충혈 하던 것들이 오그라든다

사그라지기만 할까
눈두덩이 힘주고 게타리라도 조여봐야지

불같은 인생
한철 보내느라 삭신이 쑤신다

뼈 때리는 실수

맨주먹 하나로 버틴
공무원 응시 4년 차 타이틀이
명예로울 것까지야

간절함이 찐했나
응시원서 접수기일 지나버리고 터지는
실소

절실함이 부족했단 방증이 서러워
애써 말무덤 두른다

단단하던 연인의 이별 통보는
수순이듯 통증을 유발하지만
전리품으로 갈무리할밖에

결단코
순백의
뼈 때리는 실수

다 혼자 산다

누구 마다할 교만이라고
혼자 살까

고독이 건네는 쌉싸래한 미혹

헛소리 같더니
나 혼자 산다

휴대폰 만지작거리는 밤은 익숙해지고
거리에 넘쳐나는 장난감 병정의 무리

그렇게 그렇게
다 혼자 산다

* 2024년 통계청이 발표한 '장래 가구 추계 : 2022~2052년'에 따르면 대한민
국 전체 가구 중 1인 가구 비중은 2022년 34.1%에서 2052년 41.3%로 증가
할 것으로 예상된다. 가구수로는 2022년 738만 가구에서 2052년 962만 가구
로 30년간 223만 가구가 늘어날 것이라고 예상했다. 전국의 총가구는 2022년
2,166만 가구에서 2041년 2,437만 가구까지 증가한 후 감소세로 전환해 2052
년 2,327만 가구 수준으로 예상했다.

괜찮은 양반

수육 한 접시
소주 한 잔에 버무려 인생 한편 접히고야
괜찮은 양반

사위 며느리 손주까지 봤다고
회혼 머잖은 이날까지 왔다고

미운 정 고운 정
이젠 말짱 괜찮은 양반

남은 소망이라 뱉지 못하고
저이 따라 갈란다
괜찮은 양반 따라 갈란다

가장 3

예끼 이놈 헛기침 같은 호통에
할아버지의 수염을 연신 잡아당기던
삼삼한 기억

논밭으로 산으로
지게 짐 나르다 들르는 주막엔
주모의 목청이 높아지곤 했다

공중 부양보다 어려운
가족부양

전신을 엄습하는 생소한 논법에
어제고 오늘이고
간수하고 지켜내는 데 날 선 사람들

고기국수

저기 장배 간다

떠나면 다시 올 약속이라지만
재회를 가슴에 묻는 일상은 애젖하다

육지 장터에서 씨 받은 도야지
파도 소리 자장가 삼아 새끼 내려 살더니

짭쪼름 간간한 세월 보내고
거뭇거뭇 성숙해서

잔칫날 야들하게
널리 이로운 까닭에

국수고기 아니고 고기국수

아이도 어른도 대접에 둘러앉아
불뚝 솟은 수육 고명 파 내리는 거였다

기적소리 달고 섬마을 산다
파도 소리 묻혀 섬도야지 산다

어제처럼 저기 장배 간다

금단

익숙한 것들의 결별은
묵직한 현기증이다

움츠리는 나신으로
돌연 무얼 뒤집는 무모함은 비극이다

아침이면 사라질
주막거리 이력 반백년

노을 지고 소란해진 골목길로
어수룩한 어깨가 들어서고 있다

당신의 날이 밝았습니다

당신의 날이 밝았습니다
우울한 인생이라 문제 될 리 없습니다
인생은 어차피 울며 시작하였습니다

당신의 인생이 문제들의 여로라면
그 또한 문제 될 리 없습니다
지긋이 눈감았다 뜨면
온갖 당신을 위한 찬란한 날들이 속삭일 것입니다

당신의 날이 늘 맑지 않다손 치더라도
모차르트의 귀가
헤밍웨이의 전쟁이
예수의 죽음과 부활이 그렇듯

절망이란 안개
보이지 않는 발걸음에도 두려 울 것 없습니다
가고 싶은 대로 자신을 옮기며
받은 사랑만큼 내어놓을 지혜에 고착한다면

누구라도

활엽수 가지 숭숭하다
누구라도 만나고 싶다

남루한 사람들끼리는
설레임 없이 기껍고

격정의 순간도 잠시
곁눈질하고는 흥도 없다

굽은 손 펴
토닥이고 싶다

각개전투

소주병 늘어놓으며
친구가 말했다

우리 애들 살만한 건 다 가훈 덕이다

각개전투
어디 짐작이나 할 가훈이던가

군대 생활이 유익했다는
입대 동기 성근이

하필

우래기
우래기
그녀가 입에 달고 사는 뒷말 수식어란
이뻐 죽것어
워디서 이렇게 이쁜 게 나왔댜

웃음이 전부인
넘치지도 부족하지도 않을 모정은 한날 멈췄다

이후 바뀐 수식어란
어쩐다냐 너를
너를 두고 어떻게

병상을 나온 그녀를 끌고 산을 찾는 사내는
말을 잃었다

솔잎에 묻고 싶은 말
하필!

하루만이라도

내일은 누구를 얹혀 춤사위를 펼칠까
망나니 칼끝에 다다른 저녁들이 수런댄다

가쁜 일상에 매몰된 사람들의
갉아 먹힌 새벽은 가뭇없고

이반데니소비치의 하루가 아니더라도
하루가 그저 하루일 순 없는 것이어서

우리가 받들어야 할 유일한 이상이란
하루만이라도 살뜰히 가꾸어나갈 인정의 숲이리니

가슴 촉촉함에 _{관한} 특별법

최병석 시집

제4부

감자전

감자전

밭고랑 나서자
빗소리 번진다

일순간 흔들리는
안데스의 허리춤

잉카의 이끼 위에도
보라 꽃 무리 지천인데

하짓날 타닥타닥
감자전 불콰하다

호미

토닥토닥 볕 쌓이는데
가쁜 숨 무성한 풀숲에
호미 홀로 뭉뚝하다

누구 올까 충그리는 정오

지푸라기

폭발하던 열대야 잦아들고
시베리아기단이 들어서기까지 들녘은 침묵을 택했다

열정이 사라졌다고
세상 이치를 외면할 순 없다

본분 잊지 않은 씨알들은 숨 고르며
풍만한 표피를 여미는 중이다

따뜻한 이름 지푸라기를 알기 전까지
댑바람에 때 이른 철새들의 유영은 위안이다

절정에 살다

때 늦은 장미꽃이파리 담장에 홀로 붉다

촉촉한 이파리가 순정에 닿을 때
정오를 지나는 초침도 일순 멎고

온갖 절정들의 현란한 아우성은
한 번뿐인 생이라서 고매하였다

정오 지나고 짙게 드리우는 그림자
진격할 의지들을 추스르고 있다

절대고독

토방에 쌓이는 이파리 이파리
짧은 가을볕 넘어 봄은 아직 멀다

어제보다

한때 몸을 날려 갈구한 적 있지요
심상으로 나아가기엔 피가 끓었던 까닭입니다

앞마당에는 수런대는 가을바람

사납던 욕망의 비늘을 털고
어제보다 단단할 수 있다니
겸허할 수 있다니

여로 旅路

골목을 배회하는 기적소리
정염에 타던 여름밤을 재우고

상기된 눈동자
핏발 가시자 먼 산을 들였다

사그라진 자리마다
날것들이 둥지를 튼다

페르시아의 흠 같은 사람

아담하면 다구지겠고
흰칠하면 속없이 좋다 했다

가을 비집고 어느날 그 사람
이도 저도 말고 눈 딱 감고 좋았네

꽃샘추위에 아린 얼굴
떠난 자리 깊어라

꽃비 쏟아지는 날이면 회색 하늘에
페르시아의 흠* 같은 사람 있네

* 세계적으로 품질 좋기로 소문난 이란의 양탄자에는 일부러 구석진 곳에 찾
기 힘든 흠을 하나씩 남겨 놓는다. 그 흠을 "페르시아의 흠(Persian Flaw)"이라
고 한다. 오랜 옛날부터 페르시아 장인들은 일부러 그런 흠을 남김으로써 신
의 작품이 아닌 인간의 작품임을 천명하고 언제까지나 인간적 겸손함을 유
지하려 했다.

4월

끝과 시작이 헝클어지니
4월입니다

새싹은 지천으로 솟구쳐
스물이거나 일흔이거나
욕망이 부끄럽지 않은 달

힐끗
버킷리스트 꺼내 보게 되는 달

삽교천 숭어

소용돌이치는 삽교천 갑문
숭어무리의 저돌을 보라

족보 쓰고 스러지는
충만한 본능을 보라

삽교호는 지금
장렬한 봄 판을 열고 있다

믿는 구석

첫인상이 반반하기로
오랜 정만 할까

사는 만큼 엉클어지는
인정의 숲

정리定離는
새벽 타고 낯설게 등장하고

이것저것 다 잊고 싶은 날
세상엔 믿는 구석 있다는 말씀 있네

꿈을 긷는 내포여

타오르노라
백두 차령의 정기 불끈 솟구쳐 오르노라

백제 임존성 삼만 영혼과
홍주의사총 구백의 산화한 영혼들 춤추는
그 터전 위에

덕숭산 수덕이 내는
천오백 년 무량의 지혜 밭에

충이요 효요
절개며 기개로 반만년 벼린 땅

봉우리 봉우리는 예를 갖추어 수려하고
이는 바람에 포구마다 황포돛대 춤을 추는 내포여

홍성 장곡을 발원한 물줄기
예당호로 삽교천으로
북으로 북으로 200리 젓줄 펼치면

기암괴석 용봉산 기상 두르고
생명의 들녘 예당평야 보듬어 꿈을 긷는 내포여

들린다
경천동지의 맥박이 뛴다

뿜어져 나오는 기개세
저기 사람들의 투지와 지극한 정성을 보라

신성한 터전 내포에서
마침내 경이로운 역사의 융기를 마주하리니

비로소 번지는 피안의 미소
내포 화전리 사면 석불이여

가슴 촉촉함에 관한 특별법

최병석 시집

<평론>

시학주의자에서 자연주의자로

윤향기(시인·문학평론가)

<평론>

시학주의자에서 자연주의자로

윤향기 (시인·문학평론가)

1. 아름다운 묵상 그 이후

최병석 시인은 등단 20년의 중견 시인이다. 제1시집 『아름다운 묵상』, 제2시집 『아름다운 인연』, 제3시집 『수문 우는소리』, 제4시집 『겨울 밥상머리』 이후 이번 시집이 다섯 번째이다. 연륜에 걸맞게 이번 시편들은 시인의 삶과 예술과 세계관이 일치해서 자연스럽다. 생의 퇴적층에서 거침없는 시혼의 미학을 불러오고 컴컴한 우물에서 사유의 맑은 물을 퍼 올릴 줄 아는 토포스(Topos)라는 변별력은 인간 중심주의에서 벗어나 자연과 함께 무르익어 간다.

드넓은 대지를 딛고 선 삼라만상에는 그들만의 세계가 열려있다. 예당호숫가에서 만난 새의 혼자 말, 큰수리팔랑나비의 나비효과, 비단벌레의 감정, 비바리뱀의 무늬, 작은관코박쥐의 밤, 모든 늑대의 시간은 꿈을 긷는 내포에서 만난 그의 가족들이다. 양지바른 풀숲의 패랭이꽃, 우연히 스치는 비자란의 향기, 휘날리는 층층나무, 미선나무, 멸종위기, 환경오염, 역사 왜곡 등은 늘 그에게 공기처럼 다가온 일상으로 시의 모티프가 되었다.

미국 시인 마야 안젤루(Maya Angelou)는 어느 책에서 "시는 인간의 목소리를 위해 쓴 음악이다."라고 말했다. 인간이 자신의 목소리로 시를 읽는 일을 세상에서 가장 아름다운 음악이라고 피력한 것이다. 그렇다. 그 아름다운 천상의 목소리가 언제 어디서 오는지 아는 시인은 아마 없을 것이다. 파블로네루다(Pablo Neruda) 역시 자신의 「시」에서 "시가 나를 찾아왔어. 나는 몰라. 그게 어디서 왔던지"라고 말하지 않던가.

詩는 언言과 사寺가 결합 된 말이다. 이는 말로 절의 탑을 쌓듯 꼭 필요한 최소한의 말로 정성을 다해 더 많은 뜻을 풀어내라는 뜻이다. 말라르메도 시는 번쩍이는 아이디어가 아니라 감동을 일으키는 오직 '말'이라고 했다. 시인은 어느 하나도 쉽게 떨구어낼 수 없는 자연과 삶에 대한 진정 어린 눈빛으로 인간적인 스스로의 가치를 신뢰하고 더 나은 내일을 꿈꾸는 긍정의 태도와 낙관주의를 보여주고 있다.

어떤 대상물을 향한 고정된 나, 정체된 나, 부정된 나를 깨워 깜깜한 제자리의 어둠을 접고 미래의 무한지대까지 환하게 비상하는 그의 가쁜 호흡은 그래서 본래적 사실이다. 그렇다면 그의 생각의 주소는 자연의 주소와 얼마나 가까울까?

> 큰수리팔랑나비 장수삿갓조개야
> 미선나무 층층둥굴레야
> 어여쁜 날갯짓 이젠
> 내 생애 널 보고 또 볼 수 있다니 아이구 좋아라

작은관코박쥐 먹황새 호사비오리야
모래주사 좀수수치야
붉은점모시나비 비단벌레야
금자란 비자란 한라솜다리야
가느란 목숨 이젠
때늦은 사랑 타령에 가슴 서늘하네

세상살이 험한 줄
너희 목숨줄인 줄 알겠기에 그냥 눈 감는다

연하고 선하더니 이런 봉변 있나
저지른 인종들은 숨 들이고 잘도 뱉는다

늑대 검독수리야 비바리뱀아
감돌고기 붉은점모시나비 귀이빨대칭이야
광릉요강꽃아
267* 아가들아
부디 고요히 살펴 살아 남아라

산다는 것은
존재한다는 것은 결국 이기는 것
대대손손 누릴 삼천리금수강산이 아니더냐
                                          -「267」 전문

* 우리나라 '멸종위기 야생생물' 267종(Ⅰ급 60종, Ⅱ급
  207종).

최병석 시인은 우리나라 '멸종위기 야생생물' 267종을 탐색하는 마음의 깊이를 보여준다. "감돌고기 붉은점모시나비 귀이빨 대칭이야/광릉요강꽃아/ 267 아가들아 /부디 고요히 살펴 살아남아라//"라며 모진 세월을 견고히 이겨내기를 간절히 바라고 또한 기원한다. 실존에 대한 안타까움에 머무르지 않고 타자를 격하게 껴안는 이 이타행에 주목해 보자. 운명처럼 와 버린 불가능을 지상의 가능 형식으로 발전시키려는 저 지극한 발원은 시인의 사유와 명징한 언어의 궁극적 성소로서 남을 것이다.

"산다는 것은/ 존재한다는 것은 결국 이기는 것"이라며 풍악을 울리는 이런 몸짓은 누구나 흔히 하는 일이 아니다. 자신 안에 타자가 있을 자리를 저토록 드넓게 내어준다는 것은 다름 아닌 환대의 몸짓이기 때문이다. 품어준다는 것은 타자에게 다가가 함께 괴로워하며 타자와 같은 감정을 진하게 공유했다는 의미이다. 자신의 경험이든 아니면 어떤 깨달음에서 유추한 것이든 강렬한 애착으로 타자의 아픈 어둠을 불 밝혀주려는 노력은 시인의 참모습을 보여주는 듯하여 뭉클하다.

자비를! 사랑을! 밤낮으로 외치는 종교의 불빛은 엄청나게 반짝이지만 지금 이 세상은 생명을 귀하게 여기지 않는 것이 가장 큰 문제다. 영화 <와일드 로봇>에서는 AI 로봇이 엄마를 대신한다. 편리하다는 이유로 조만간 엄마 역할도 AI에게 뺏길지도 모른다. 결혼을 하지 않고 아이를 낳지 않고 사는 젊은 포노사피엔스(Phono sapiens)가 출몰한 요즘은 더욱 더 자연을 업신여기는 일이 다반사가 되었다. 이런 시기에 시인이 아니면 누가 이처럼 낱낱의 목숨이 귀하다고, 자연과 물아일체로 살아가야 한다고 목청을 높일 것인가.

그러하니 무어냐
그
거시기
자고로 농사짓는 사람이 천하제일이란 말씀 있고 그
것은
인류의 근본이란 말씀인 줄 이제야 알겠네
……
일만 오천 년의 역사를 꿰어
59톨 소로리 볍씨가 세상을 정의하신다

여기에 생명의 보금자리 틀어
생명의 땅이라 이름짓고 여기서 나고 죽으리
여기는
여기 사는 사람들이 밉고 고운 정 온 누리에 펼칠 생
명의 본거지
나를 존귀하게 여겨 다투지 말고 배 불리며 세세손손
번영하시게
나는 생명의 대장
존재로서 모든 생명은 더없이 존귀하니
물과 바람의 덕을 절대 잊지 말며 부지런히 농사지어
번영하시라

- 「소로리 볍씨*」부분

* 충북 청주시 흥덕구 옥산면 소로리. 구석기 시대 약 1만 5
천 년 전 유적에서 발견된 세계에서 가장 오래된 볍씨

이 시의 시간적 배경은 1만 5천년 전의 다른 세계이다. 시를 통해 현실의 괴로운 중력을 잠시 잊고 환상의 시공간을 여행하는 황홀한 몽상이다. 소로리 볍씨를 통하여 과거와 조응하면서 생명 의식은 "농사짓는 사람이 천하제일" "인류의 근본" "여기에 생명의 보금자리 틀어/생명의 땅이라 이름짓고 여기서 나고 죽으리/…나는 생명의 대장"이라고 큰 소리 뻥뻥친다. 열정 하나로 불모지나 다름없는 나락의 사나운 행간을 따뜻하게 번역하는 시인의 심성은 그래서 그냥 촌사람이다. 하여 그만큼 시인은 캄캄한 터널을 지나 나타나는 환한 세상을 통해 함께 번져가려는 마음을 견지해 간다. 그 근원적 힘은 사랑에서 오는 것이므로 그동안 시인이 추구해 왔던 세계란 아름답고 드넓은 진정성으로 가득한 공간이 아닐 수 없다.

> 담배꽁초 생수병들의 자맥질
> 이윽고 분출하는 미세분말의 미끌거림
>
> 조물주가 빠뜨린 유일한 창조물이란 수사에
> 희번덕이는 플라스틱의 무리
>
> 부서지는 거품의 환영幻影 속에서도
> 해조류의 유영은 저리도 고결한 것을
>
> 다행히도 바다는
> 침몰의 시간에 아직 도달하지 않았다
>
> － 「침몰의 시간」 전문

* 바다 쓰레기 80%는 플라스틱. 재활용되는 것은 전체 약 14%. 플라스틱은 완전히 분해 되는데 500년. 플랑크톤 등 해양 생물 몸으로 들어간 미세 플라스틱은 결국 인간의 몸으로 들어온다. 2019년 세계자연기금 연구에 따르면 한 사람이 일주일간 섭취하는 미세플라스틱은 약 5g.

21세기는 기후 위기의 시대다. 탄소발자국 위로 몇 년에 하나씩 쓰레기 섬이 생겨난다. 19세기만 해도 신비한 아름다움을 간직했던 태평양에 여기저기 쓰레기 섬이 나타나 심근경색이 중증이다. 그곳에는 대한민국에서 흘러간 비닐 포장재들도 수두룩하단다. 병든 지구의 마지막 같은 비명이 들려온다. 사라지는 무당벌레들과 등껍질이 얇아져 가는 갑각류들의 울음소리가 들려온다. 바다에 둥둥 떠다니는 "담배꽁초 생수병들의 자맥질" "희번덕이는 플라스틱의 무리"는 병든 사회의 한 단면을 보여주고 있다.

시 「침몰의 시간」은 생태적 비가의 작품이다. 에드바르 뭉크가 <절규>에서 붉은 노을을 향해 각혈하듯 토해내는 외마디를 닮았다. 아니 고흐가 <자화상>에서 처연하게 잘린 귀를 붕대로 칭칭 동여 감고 고통을 감내하는 슬픔처럼 지구의 미래를 걱정하는 호모 사피엔스의 진정성이 도드라진다. 지구의 한 모퉁이에서 아로파(Aropa)를 간곡하게 외치는 시인의 절박함이 들려온다. 그럼에도 불구하고 탈출구를 모색하는 "다행히도 바다는/침몰의 시간에 아직 도달하지 않았다"라고 확언하는 마지막 희망의 호소를 본다. 데스몬드 투투(Desmond Tutu)는 "모든 어둠에도 불구하고 빛이 있음을 볼 수 있다는 것이 희망이다"라고 언급했다. 그 순간 미지의 어둠 속에서 환하게 시의 꽃숭어리가 활짝 벙근다.

2. 웅혼의 고향 그 비발디의 사계

　누구나 고향의 목마른 황톳길의 사계를 그리워한다. 시인이 고향을 사랑하듯 시를 사랑하는 것은 시의 순결스러움이 아니라 시의 헐벗은 자세와 낙엽 구르는 소리처럼 아우라를 이루는 작은 몸짓들이 있기 때문이다. 시인은 여기서도 고향 예산을 데려다 가만가만 사무치는 품목으로 맛깔나게 노래한다. 무작정 보이는 세계에 대한 경탄과 찬미라면 문제가 있을 것이다. 그러나 시인의 시는 다르다. 자신이 불완전자임을 자각하고 완전을 향하여 끊임없이 노력하여 나아가려는 상상력을 통해 모든 시들어 가는 것들 즉 기억과 추억까지 소환하여 뭉클뭉클 활력을 불어넣는다. 시인의 작품들은 지금까지 잊고 살았던 고향의 고즈넉한 전원 입구와 출구를 돌아 그곳에 기거했던 서사들을 풍족하게 느낄 수 있게 해 준다. 그 중심에서 시적 인간과 생태적 인간으로서의 최병석 시인을 만날 수 있을 것이다.

　　　　수육 한 접시
　　　　소주 한 잔에 버무려 인생 한편 접히고야
　　　　괜찮은 양반

　　　　사위 며느리 손주까지 봤다고
　　　　회혼 머잖은 이날까지 왔다고

　　　　미운 정 고운 정
　　　　이젠 말짱 괜찮은 양반

남은 소망이라 뱉지 못하고

저이 따라 갈란다

괜찮은 양반 따라 갈란다

-「괜찮은 양반」 전문

예끼 이놈 헛기침 같은 호통에

할아버지의 수염을 연신 잡아당기던

삼삼한 기억

논밭으로 산으로

지게 짐 나르다 들르는 주막엔

주모의 목청이 높아지곤 했다

공중 부양보다 어려운

가족부양

전신을 엄습하는 생소한 논법에

어제고 오늘이고

간수하고 지켜내는 데 날 선 사람들

-「가장 3」 전문

　「괜찮은 양반」은 허물어져 내려온 지난날의 아린 증언록 같다. 그 증언록에서 시인은 자신의 존재론적 기원인 아버지를 어머니를 통해 소환한다. 이때 시인이 기억 속에서 아버지를 찾는 매개체는 바로 "수육 한 접시와 소주 한 잔"이다. 어머니를 매개체로 하여 아버지의 삶을 깊이 꿰뚫어 보려는 자기애는 확실히 남다르다.

「가장 3」은 그때 그곳에 살고 있던 존재에 대한 깊은 성찰이 돋보인다. "논밭으로 산으로/지게 짐 나르다 들르는 주막"을 지나칠 때면 "예끼 이놈 헛기침 같은 호통에/할아버지의 수염을 연신 잡아당기던/삼삼한 기억"도 찰랑거린다. 헛기침으로 수런대는 지난한 가족사에서 할아버지에서 아버지를 추억하다 "공중 부양보다 어려운/가족부양"을 하느라 날 선 자신에게서 오히려 그들을 본다. 시인은 이런 자신의 경험적이고 개성적인 목소리를 통해 자기 확인과 애상에 대한 열망을 보여준다. 경험적 주체와 시적 주체를 통합시키는 자기표현은 그래서 탄복할 만하다.

밭이랑 등지고
눈꺼풀 붙이면

번지는 짠 내음

어머니 연모
묵묵히 지켜주던

- 「머릿수건」전문

토닥토닥 별 쌓이는데
가쁜 숨 무성한 풀숲에
호미 홀로 뭉뚝하다

- 「호미」 부분

위 두 시는 어머니라는 영원한 가치의 원천이 지니고 있는 성스러운 상징이다. 또한 시인이 처음부터 끝까지 끌고 가는 힘은 무의식 속의 아니마(anima)다. 이는 '심혼'이라는 뜻으로 의식을 자극하는 무의식의 심리적 실체로 개인 무의식을 초월한 집단 무의식이다. "모든 남자는 자기 속에 영원한 여성상인 아니마를 갖고 있다."고 분석심리학의 창시자 카를 융(C.G.Jung)은 말한다. 시인은 지금도 그리운 「머릿수건」, 「호미」를 통하여 할머니, 어머니, 아내에 이르는 여성 속에서 자신만의 영원한 여성상을 호명한다. 때로는 뿌리를 내려준 어머니에게 닿는가 하면 때로는 자신에게로 닿아 있는 근본을 느끼기도 한다. 시와 시 사이의 그 넓은 침묵의 공간에서도 삶과 죽음을 사유하는 시 속 화자의 걸음은 빠르거나 느리지 않다. 앞을 향해 걸어가는 산 자의 걸음이라기보다는, 이미 이승에서 건너간 저쪽에서 이승을 처연하게 바라보는 시선이 강하다.

거친 어머니의 손길로 햇살마저 다정하게 두드리다 "가쁜 숨 무성한 풀숲에/ 호미 홀로 뭉뚝하"게 꽂아놓고 자리를 비우신 것이다. 저 호미! 모진 세월 그 많은 식솔들을 거느리느라 얼마나 호미질을 하였으면 저토록 뭉뚝해졌으랴.

황금빛 추수가 다 끝난 김포 논두렁을 걷다가 논 가에 우두커니 서 있는 삽 하나를 만났다. 족히 몇 년은 사용했음직한 손잡이와 붉게 녹슨 날이 세월을 짐작게 했다. 몇 날을 그길로 걸어보아도 그 삽은 그대로 꽂혀있다. 주인은 잊은 걸까? 아님 내년을 대비하여 그대로 둔 것일까? 삽의 고즈넉한 명상을 방해하지 않기 위해 그만 얼쩡거려야겠다.

타오르노라
백두 차령의 정기 불끈 솟구쳐 오르노라

백제 임존성 삼만 영혼과
홍주의사총 구백의 산화한 영혼들 춤추는
그 터전 위에

덕숭산 수덕이 내는
천오백 년 무량의 지혜 밭에

충이요 효요
절개며 기개로 반만년 벼린 땅

봉우리 봉우리는 예를 갖추어 수려하고
이는 바람에 포구마다 황포돛대 춤을 추는 내포여

홍성 장곡을 발원한 물줄기
예당호로 삽교천으로
북으로 북으로 200리 젖줄 펼치면

기암괴석 용봉산 기상 두르고
생명의 들녘 예당평야 보듬어 꿈을 긷는 내포여

들린다
경천동지의 맥박이 뛴다

뿜어져 나오는 기개세
저기 사람들의 투지와 지극한 정성을 보라

신성한 터전 내포에서
마침내 경이로운 역사의 융기를 마주하리니

비로소 번지는 피안의 미소
내포 화전리 사면 석불이여

- 「꿈을 긷는 내포여」 전문

시인의 지속적인 탐구 대상은 충, 효, 절개로 다져진 내포의 역사다. "저기 사람들의 투지와 지극한 정성을 보라" 그곳에는 오순도순 살고 있는 고향 사람들과 그 모습을 "피안의 미소"로 바라보는 "내포 화전리 사면 석불"의 칸타타가 펼쳐져 있다.

지금 여기를 살아가며 감응하지 못하게 된 자연의 시간을 시적 작업을 통해서 삶의 지평으로 옮겨 놓았다. 자연의 지속은 밤의 시간처럼 비가시적이지만 풍요를 가꾸기 위한 쉼과 회복을 허락한 시간이기도 하다. 그 시간에는 가치를 감지하고 이를 지켜내기 위해 고단한 삶을 살아낸 사람들이 있었다. 시인은 이러한 삶을 발굴하고 발견하여 서정적 필치로 피안의 세계를 그려낸다. 특히 구체적인 고향 체험이나 개인적 억압을 친자연적 상상력을 통해 자연스럽게 풀어내는 그의 시는 농익은 언어 표현으로 인해서 시인만의 개성적 품격을 더해준다. 이 「꿈을 긷는 내포여」는 시인이 살아온 생애의 족적을 담고 있는 지도의 총체적 풍광이라 할 수 있겠다.

3. 먹걸이 랩소디

브리야 사바랭은 『미식 예찬』에서 "당신이 무엇을 먹는지 말해주면 당신이 어떤 사람인지 말해주겠다"고 했다. 다음 작품은 최병석 시인이 누구인지를 알아볼 수 있는 시이다.

인류의 역사는 음식의 변천사이기도 하다. 현대의 밥상은 이미 과거의 밥상이 아니다. 한국인은 밥심으로 산다지만 지난해 돼지, 소, 닭고기 등 3대 육류 소비량은 1인당은 60.6kg으로 쌀 소비량을 넘어서고 먹다 남은 음식은 1년에 7조원이 넘고 있다고 한다.

소비자를 자극적인 맛에 길들이기 위해 치밀하게 설계된 썩지 않는 햄버거, 녹지 않는 아이스크림, 배가 불러도 끊임없이 먹게 되는 감자 칩 등등이 있다. 앞으로 고향이라는 의미가 어떻게 변해갈지 알 수는 없지만 하루가 멀다하고 변해가는 식문화 속에서 어린 날의 향수에 젖은 음식을 시의 소재로 찾은 것은 독자에게 공동체에 대한 소속감과 연대감의 가치를 발견하는 계기를 마련해준다.

> 밭고랑 나서자
> 빗소리 번진다
>
> 일순간 흔들리는
> 안데스의 허리춤
>
> 잉카의 이끼 위에도
> 보라 꽃 무리 지천인데

하짓날 타닥타닥
감자전 불콰하다

- 「감자전 」전문

  포노(스마트폰)사피엔스(사고하는 사람)들의 라이프지향이 높아지면서 음식도 화려해져만 간다. 그뿐만이 아니다. 요즘 음식점들의 모든 주문은 키오스크로 대신한다. 처음에는 낯설어 얼마나 당황했는지…. 아기와 엄마 사이를 유모차가 막고 있듯이, 주인과 게스트 사이를 키오스크가 막고 있다. 인정이 낄 사이가 없다.

  그러나 「감자전」에서는 오감 중 가장 직관적이면서도 짜릿한 미각을 통해 한국의 역사와 맛을 공유하는 가족문화를 가감 없이 보여준다. 치익 칙 타닥타닥! 뜨거운 마당 화덕에서 들려오는 전 붙이는 소리. 냄새가 코를 찌르고 침이 꼴깍 넘어간다. 감자전에는 별 고급진 재료가 들어가진 않았지만 시인의 입안에서는 그 모든 풍미를 감지한다. 감자의 연한 아이보리색이 기름을 만나 먹음직한 갈색으로 변신한다. 입에 넣자마자 리듬을 타는 그 바삭함은 최강을 자랑한다. 감자전의 본질을 가장 잘 구현해 냈을 뿐만 아니라 머나먼 안데스 감자의 고향까지 소환한다.

    신단수 아래 신시 아늑한 동굴
    환웅이 개소한 살림이더라

    쑥 한 줌 마늘 스무 알로 쓴
    가족관계등록부

태초에 심지 하나 세워
반만년 내리뻗친 기운이더라

천장 없는 물가라고
무엇도 없다만 못 할 것도 없지

달동네
닭밥야

콘크리트 숲 동굴에서도
꿈같은 시간 몽글몽글 흘러라

- 「닭밥야*」 전문

* 닭가슴살과 밥과 야채의 줄임말.

　시 「닭밥야」는 포노사피엔스인 시인의 기록이다. 시인은 「누구라도」에서 "누구라도 만나고 싶다/남루한 사람들끼리는/설레임 없이 기껍"게 닭밥야를 시켜놓고 막걸리 한잔 마시며 서로를 마주보는 밥상엔 곁눈질도 흉도 필요없다. 부족하면 부족한 대로 궁색하면 궁색한 대로 그 순간만큼은 카르피디엠(carpe diem) 천국이다. 하루 종일 노동에 시달린 굽은 손을 펴 그 누구라도 토닥토닥 토닥이고 싶다는 가만한 번짐의 기운이 자자하다.

4. 잊지 말고 꼭 기억해야 할 이름들

159명의 영혼과 육신이 강제 분리되고 552일
2024년 5월 2일 대한민국 국회가 묵힌 입을 옹아렸다

권리와 권한과 자유를 들추다니 어쩌면
피안의 길 영원한 생명의 길을 낼 수 있을지도 모른다
　　　　－「10.29 이태원 참사 피해자 권리보장과 진상규명 및
　　　　　재발 방지를 위한 특별법안」 전문

　어느덧 이태원 압사 사고 2주년이 되었다. 2022년 10월 29일 서울특별시 용산구 이태원동 이태원 세계음식거리의 해밀톤호텔 서편 골목에서 할로윈 축제로 10만명 이상의 인파가 몰렸다. 이 사고로 인해 159명이 사망하고 195명이 부상을 당했다. 코로나 19 팬데믹으로 인한 사회적 거리 두기와 방역 규제가 해제된 이후 첫 번째 할로윈데이였다.

　사고는 밤 10시경부터 시작되었으며 압사 사고가 발생한 구체적인 원인은 아직도 오리무중이다. 사고 당일 경찰은 대통령 보좌하는데 급급하여 많은 인파가 예상되었는데도 불구하고 충분한 인원을 배치할 수가 없었다. 참사 이후 정부와 지자체는 국가 애도 기간을 선포하고 대대적인 장례지원과 심리상담 등을 제공했다. 하지만 속 시원히 누구 하나 당당하게 책임지는 사람 하나 없이 지나가 버린 것에 대한 비판과 사전에 구체적인 안전대책을 마련되지 않았던 점이 지적되었다.

　이러한 모든 현황은 시인의 절제된 언어와 생명 미학으로 접맥된 내용으로 현현되고 있다. 아무리 흉한 사건 사고에 처하

더라도 비정하고 삭막한 상황에 처하더라도 분연히 일어서서
독자를 붙잡는 구원의식은 처연한 생명성에 뿌리를 두고 있다.
그래서 최병석의 시는 존재의 증명과 구원을 바라는 잠언의 노
래다.

먼
먼
남태평양 팔라우 쪽빛 하늘 아래

성난 파도라도 맞아야만
왼 종일 부르짖어야만 하루 살아내는 혼이 있다

아이고
아이고
태양은 왜 이리도 뜨거운 거냐

무어라
무어라
눈두덩이 핏줄 붉어진 사람들이 부르짖더라고

후세에
뜨거운 목청으로 전하는 말이 있다

눈물 없이 건너지 못하는
나라 없이는 차마 볼 수도 없는 다리가 있다
                        - 「아이고 다리*」 전문

* 팔라우공화국(Republic of Palau)의 코로르(Koror) 섬과 에레케베상(Ngerekesang) 섬을 잇는 방파제. 일제 징용으로 끌려온 한국인들이 강제 노역으로 힘겨워 "아이고, 아이고" 하며 건설하여 '아이고 다리(Meynus Causeway)'라 불린다. 안내판에는 일본 국기가 새겨져 있다.

「아이고 다리」를 읽자마자 아픈 상처로 떠오르는 곳들이 있다. 일제강점기 때 한국인 징용자들과 위안부들이 끌려와 희생당한 제주도보다 작은 섬 사이판의 제페니스동굴. 영화로도 만들어진 200만 여명이 죽어 나간 일본의 군함도, 사도섬 등등. 어디 이곳뿐이랴. 과거 힘없는 민족의 비애는 널리고 널려있다. 이러한 역사적 상흔을 부단히 끌어안고 통곡하는 최병석의 시는 자기 세계의 축조를 위해 온몸으로 통과의례에 육박해 왔다. 이런 시작을 가능하게 한 필연적인 인과이자 동기로서 근원성에 대한 탐구, 시적 자아가 타자와 자신의 변별자질이 될 수 있는 특이점이라 할 수 있겠다.

그것은
들끓는 할아버지의 피

이완용 임선준 고영희 송병준 박제순
이재각 민병석 이재구 조중응 김윤식
이지용 조민희 고희성 이병무 윤덕영

1909년 2월 4일 창덕궁 인정전 앞에는 순종과
이토 히로부미와 열다섯 마리의 파리 떼가 연출한
한 컷 촬영이 있었다

사람이 사람을 녹여 쌓은 탐욕의 모래성으로
비수가 내리꽂히고 있었다

김구 안창호 한용운 유관순 윤봉길
안중근 신익희 홍범도 윤동주 양세봉
최익현 이청천 여운형 민종식 신석돌
이인영 허위 명성황후 고종 순종 그리고

한 목숨 한 목숨
땅이요 백성이요 나라였으니

그것은
부르기에 앞서 고결한 생명체

끝까지 부끄럽지 말아야 할 것은 이름이다
할아버지의 뜨거운 말씀이 있었다

- 「한 컷 촬영이 있었다」 전문

「한 컷 촬영이 있었다」는 리콜을 외치는 어리석은 삶에 대한 경고다. 그래서 최병석 시인은 틈만 나면 과거의 역사를 실사한다. 그리하여 현재를 횡단하는 동안 공권력의 폭력 역사와 공동체의 비극적 체험을 추적하고 그것이 흘려보내는 상징의 목소리에 귀 기울이고 있다. 애국자와 매국노 사이의 상처를 분리하고 해체하면서 힘겨운 실존을 구성하되 이 시대에도 잊지 않고 가슴에 새기자는 시인의 서늘한 노래이다. 때문에 잘 돌보지 않는 얼굴들을 하나하나 호명하는 역사적 조망은 오래된 상처를 비틀거나 모호하게 숨기지 않고 정면승부로 풀어낸다.

지금까지 최병석 시인의 신작 세계를 살펴보았다. 노련하게 거대 서사로 목청을 높이거나, 이념의 뜨거운 날로 세상을 겨누는 대신 교묘하게 위장되고 은폐된 폭력의 정황을 뜨겁게 인식하고 이를 비판한다. 간결한 문장 속에서 과하지 않게 드러나는 웅혼의 사유와 그리움과 분노는 시인의 시적 개성이라 할 수 있다. 부디 오래도록 서늘한 시어로 진부하고 속악한 세상에 물들어 살고 있는 독자들에게 성스러운 우주와 지구의 안전을 책임지는 지상의 보안관이 되시기를 빈다.